U0855340

**图书在版编目 (CIP) 数据**

种稻记 / 董谦著 . — 桂林 : 漓江出版社，2018.9
（旅伴文库 : 散文精品城际阅读）
ISBN 978-7-5407-8467-6

Ⅰ . ①种… Ⅱ . ①董… Ⅲ . ①散文集 - 中国 - 当代
Ⅳ . ① I267

中国版本图书馆 CIP 数据核字（2018）第 151805 号

ZHONG DAO JI
**种 稻 记**
**董 谦 著 / 摄**

责任编辑：张 谦
助理编辑：刘红果
书籍设计：石绍康
责任印制：杨 东

出版人：刘迪才
漓江出版社有限公司出版发行
广西桂林市南环路 22 号 邮政编码：541002
网址：http://www.lijiangbook.com
全国新华书店经销
销售热线：0773-2583322 010-85893190
三河市西华印务有限公司
（河北省三河市泃阳镇化甲屯小学东侧 邮政编码：065299）
开本：880mm × 1230mm 1/32
印张：6 字数：72 千字 插页：16
2018 年 9 月第 1 版 2018 年 9 月第 1 次印刷
定价：35.00 元

如发现印装质量问题，影响阅读，请与承印单位联系调换

# 目 录
Contents

# 总 序

聂震宁

《旅伴文库》乃应时而生的出版项目。当今之世，既是提倡全民阅读之时，又是高铁出行渐成趋势之际，正应了古人“读万卷书，行万里路”的人生信条。究其实，现代交通工具大大方便了百姓的出行，旅行几乎成了普通民众的一种生活常态，令“千里江陵一日还”有了现代意味。而全民阅读则还在国家、社会的提倡中，有识之士一直在呼吁让阅读成为一种生活方式，可是，要达到这一点要求，似乎还比较难；唯其难，故而需要多方设法推动，长期用心提倡。漓江出版社策划设计这一文库，既顺应了现代人出行的方便，更是推崇全民阅读，颇具趁旅行热潮助推全民阅读，借全民阅读提升旅行质量的匠心。

相比较已经形成热潮的出行，全民阅读还不够热。尽管国家为促进全民阅读立法，各级政府为全民阅读提供支持，每年“世界读书日”各地开展活动有声有色，“书香中国”活动在全国范围风生水起，家庭阅读、校园阅读、社区阅读、机关阅读渐次开展，然而，平心而论，这些大都还是在外力推动下的阅读，距离“让阅读成为一种生活方式”的目标还有长路要走。那么，如何才有望接近于这一目标呢？我们以为，让阅读与日常生活相伴或许是努力的基本方向。当民众出行热潮形成，包括旅游在内的旅行已经成为普通百姓的一种生活方式，提倡在旅途中阅读乃是顺理成章的事情。国际上曾有过“中国人不爱读书”的负面评价，评价者举证的，正是旅行途中许多欧美人在读书，而许多中国人并不读书的现象。那么，要改变这一国际负面印象，最直接的办法就是让更多的中国人在旅行途中读起书来。当然，在旅行途中读书并非为了做样子给国际人士观赏，而是全民阅读之树必然开出的日常生活阅读之花。《旅伴文库》正是为了催生这美丽的花朵而做出的努力。所谓“人生漫旅，好书伴你”，是该文库在广义层面的取意。

事实上，开展在旅行途中的阅读生活，对于提高我国旅游事业的质量也是大有裨益的。对于国人的旅行生活，一直都有某些负面的评价，认为盲目、简单、粗糙，缺少文化内涵和审美情趣，其中有一个我们前面已经提及的负面评价：中国人在旅行途中几乎都不读书。这些负面评价已经成为国民文化素质不高的重要证据。知书达理或知书达礼，不爱读书的民族谈何文化内涵和审美情趣！于是，近些年来，就有许多关于改善旅行生活，提高旅行质量的意见提出，其中有一条意见颇具感染力，那就是“带一本书去旅行”。

“带一本书去旅行”，其直接的用意是让人们在旅行途中闲暇时刻不至于无所事事。人在百无聊赖时，“第一等好事还是读书”，让休闲的状态也有优雅的生活方式，而阅读正是一个人最优雅的生活状态。旅行是一个发现美、欣赏美的历程，“带一本书去旅行”，读书可以明理，可以直接帮助我们丰富旅行知识，探寻美的存在，增加旅行的深度和厚度。旅行即意味着暂时摆脱日常世俗生活的纷扰，暂时忘却生活中某些庸俗无聊的烦恼，所谓“偷得浮生半日闲”，让身心得到休养；“带一本书去旅行”，可以让一本好书帮助我们超凡脱俗，让一本好书优雅的精神气质在旅途上陪伴我们的灵魂，让一次次旅行成为与一本本好书相伴随的精神之旅。

应时而生的《旅伴文库》其主旨便是倡导“带一本书在路上”，让精品图书成为旅行者的精神伴侣，在旅行热潮扑面而来的同时，也要让全民阅读热潮相伴而去，让“读万卷书，行万里路”成为现实。

为了旅途上阅读而设计的《旅伴文库》，自然要更多顾及旅行阅读的特点。旅行阅读当然是各有所好，可专门为旅行者编撰的图书，则要更多体现旅行者阅读的便捷、休闲、审美、精粹等需求特点。《旅伴文库》的三个子系列设计得很具匠心。其中，“散文精品城际阅读——中国当代散文精品七人展”系列，一年只选七位散文家，颇有“七剑下天山”的气概；每人每本不过5万字，极大突出了精选的精神，再配上贴切而有意趣的插图，有的就是作家本人所绘。“漓江的书，买了再说”，是20多年前本人在漓江出版社社长任上为该社拟定的广告语，如此的自信自诩，竟然在这个系列的设计中重新得以体会到。其他系列目前还在筹备阶段，基于出版社选题信息的保护，这里暂不细说，预期当能吸引眼球而令人想要一睹为快。

《旅伴文库》各个子系列的设计，显然走的是精品精读的路线。这是出版社此项目主持者的原则，也是编选工作的实际状况。“散文精品城际阅读”（2018）系列所编选的七人七种散文集即如此。在邀约散文名家加盟过程中，编选者主张作品优先，内容为王，名人也须出力作，否则宁可给新人新作以展示的机会。著名军旅作家朱秀海曾以其编剧的电视剧《乔家大院》《天地民心》等闻名于世，也曾以散文集《山在山的深处》享誉散文界，这次以名篇散文《一个人的车站》为书名新编新集，值得一读。致力于散文写作和研究的王剑冰，曾以《绝版的周庄》享誉海内外，为此旅游名胜江南古镇周庄几与王剑冰结成不解之缘，此番他又以《水墨周庄》为题加盟，旅途上的读者怎能放过不读？徐则臣，这位“70 后”的作家曾凭借《如果大雪封门》获得第六届鲁迅文学奖短篇小说奖，其作品被誉为“标示出了一个人在青年时代可能达到的灵魂眼界”，此次精选了他写作近 20 年来的散文作品，相信能让读者感受到他的写作脉络。至于刘亮程，我不能不多说几句。2016 年 7 月本人参加全国政协民族文化考察组去往新疆，在当地政协的安排下到了博格达山脉北麓的木垒哈萨克自治县英格堡乡菜籽沟村，造访了刘亮程的“一个人的村庄”——菜籽沟村，那是这位极具理想主义和人文情怀的散文家以一己之力挽救重建的“菜籽沟艺术家村落”，当时已初具规模，吸引了各类艺术家入驻。我们到村落里刘亮程的木垒书院参观，那天书院主人不在，是他的助手开门揖客。听了一些简要介绍，参加考察的政协委员无不感叹这位著名散文作家的文化情怀。本次他携新编散文集《半路上的库车》加盟，并且在书中插入他自己的画作，那画作既有西北少数民族的风情，又有作家与生俱来的文人画作韵味，可以让读者更为走近这位散文名家。

上述四位入选作家自然是读者相当熟悉的名人，他们的加盟可以体现《旅伴文库》的感召力和他们的合作诚意。可我们还要为几位散文界的新人入选而欣喜。陈彤虽然是多部电视剧如《新结婚时代》(合作)、《马文的战争》的著名编剧，可是在散文界仍是清新面孔，这次应邀以散文集《玻璃栈道》加盟，其人其文其气质的清新将是旅行者的最佳伴侣。董谦先生自称除22年新闻从业经验外，别无所长，一米九几的大高个，在深圳做了几年报社的副总，却因乡心难却，反身回到湖南汨罗乡下，亲自种稻，一心要种出无农药无化肥无转基因的生态大米。这次他给我们带来的《种稻记》，个中情趣自不待言。最后，我们还要加倍地关注阿德，他是散文写作界真正的新人，作为香港青年，漂内地十年，寻找家国认同感，这样的散文注定会让内地读者既觉得亲切又需要仔细咀嚼。

作为《旅伴文库》最先面世的第一个系列，“散文精品城际阅读”（2018）系列的七人七书可以称得上是精选精编而成，给我们浑然一体的感觉。对此，出版社是信心满满，相信读者也能兴趣满满。而对于整套文库后续的编选出版工作，则应当说是有了一个好的开头。管中可以窥豹，开局能见气象，相信《旅伴文库》是能够成为众多旅行者满意的伴侣的。

2017 年 9 月于贵州、广西、北京旅次中

聂震宁，全国政协委员，中国出版协会副理事长，中国韬奋基金会理事长，中国作协全国委员会名誉委员，《旅伴文库》总主编。

# 拔 草

下田的当天，我就知道了，指甲缝里的泥，是很难洗干净的。打了两次肥皂，用刷子刷，还是黑的。

刚到沙溪，吃饭的时候，看见陈爹的指甲缝是黑的，我心里嘀咕：为什么不能洗干净呢？现在，我知道了。

陈爹是高中同学陈怀宇的爸爸。

沙溪在湖南省汨罗市。

我来沙溪，种田。

第一次下稻田，光脚踩进泥里。45 岁的脚，从来没有下过田。

韩伟林问我来做什么，我说种田。他说扯淡。

韩伟林是我们的种稻管家，他分派给我的任务是——第一天，拔草；第二天，拔草；第三天，拔草；第四天，拔草；第五天，拔草；第六天，拔草；第七天，拔草。

是的，我拔了一个礼拜的草。

拔草的不止我一个人。

为什么这么多草？因为我们不用除草剂。

拔草。拔草。

到了第三天，我已经不会留意衣服有没有泥了，裤腿是不是被弄脏了，田泥会不会漫过我的雨鞋了。到了第五天，我已经能够认识一些野草的名字。韩伟林家里的墙上贴着一张《田间杂草图》，拔完草，我就会去比对辨认。肉马绊筋是我认识的第一种田间杂

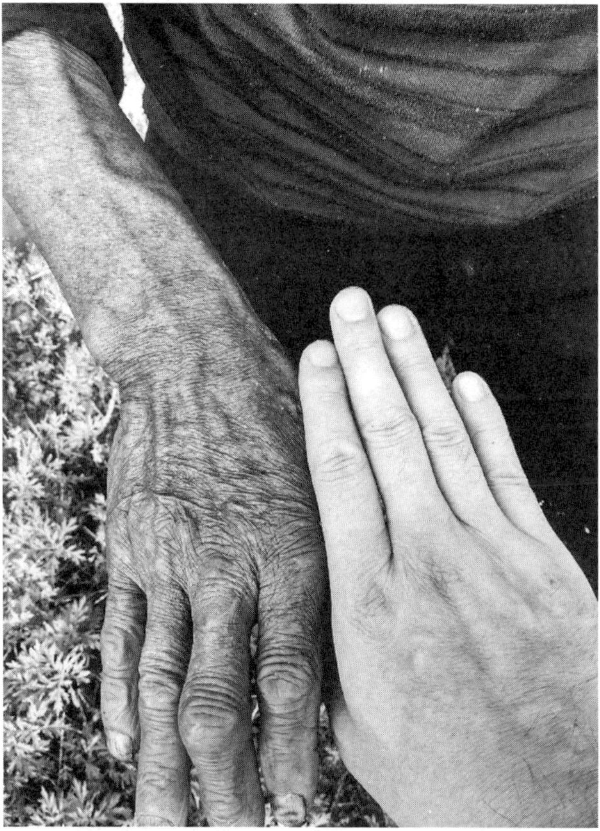

陈爹的手，我的手

草，这个名字如果翻译成普通话，就会失去它的韵味。第一天拔草，有个农妇说你并没有把它拔出来，她说如果听到这种啪啪声，就是它的茎断了，根还在泥里。我把手指抠进泥里，摸到了它的根，它的根系非常发达，我使劲拔，带出一大团泥，泥点因为惯性甩到我的脸上，臭的，这是刚刚施过牛粪的稻田。“绊筋”的意思是它很难缠，它的根系并非一个，而是多个，排列在茎上，只要还有一个断在泥里，它就存活，它就蔓延。其他的野草，可以翻转到泥里沤肥，肉马绊筋不行，整个被踩进泥里，还能生长。后来，我查到了它的学名，狗牙根，又叫绊根草（想象扯它时那一串啪啪声），这两个名字都很形象。马唐的名字也是在韩伟林家的墙上看到的，它只有一条根，却比狗牙根的根更发达，它长在土质稍硬的地方，非常善于丢茎保根，我的手指就算钻进地里，也未必能把它的根揪出来。还有一种叫蛇不过，茎叶多刺，蛇都休想爬过。它又叫倒金钩，听上去很不好惹。我吃过蛇不过的苦头，不止一次。

这是多雨的一周，气温持续走低。

四月八，冻死鸭。

拔到第七天，我已经知道怎样将狗牙根完整拔除，在田间水洼抖散根泥，陈爹挑去喂鱼。

我的肩扁担上不去。陈爹挑到半路，坐在扁担上，歇口气，他快要70了，他的心脏手术刀是进去过的。

秧苗已经萌芽，每天在长，却弱不禁风。我不把它们视为希望，因为这是一种残酷的生长，没有经过任何农药的浸泡和喷洒，我反而觉得它们就像是赤裸着进入了满是危险的屋子。

# 稻草人

稻秧，我每天都去看，早晨去看，傍晚去看，看得多了，就会看出绿色的变化，不同的绿，一天一个绿。

韩伟林说怕是有鼓泥虫，我说怎么办，他说不知道。他确实不知道，虽然他是韩伟林，他也不知道。鼓泥虫年年有，有就打药，今年不打药，远近闻名的种稻好手韩伟林就不知道了。陈爹说鼓泥虫不太可怕，怕的是稻蓟马。我说稻蓟马来了怎么办，陈爹说不知道。不打农药，老把式都变成“不知道”了。

这就是我不能从绿得那么好看的秧苗上看到希望的原因，陈怀宇也不能，他压力空前。这位鼓墩壮实的高中同学，1990 年入伍，消防兵，驻长沙，数度出生入死；跑过运输，开过油站，经营歌厅，当过村支书。饱经世事。现在压力空前。

当我提出以浓度 0.1% 的茶枯水解决鼓泥虫时，韩伟林说你怎么知道，我说网上说的。他说哦。其实，我连茶枯是什么都不晓得。

茶枯好像一分钟就运来了，陈怀宇会变这样的魔术。茶枯是深赭色的，混合着油脂和茶的气味。我已经搜到了鼓泥虫的学名，我不喜欢它的学名，我喜欢叫它鼓泥虫，它确实能让一小块泥巴鼓起来，让那块泥巴上的稻秧死亡。

秧田里，不是只有鼓泥虫，还站着三个稻草人，它们是我见过最像人的稻草人，有上衣，有裤子，有帽子，甚至画了面孔。稻草人是建爹扎的，他走过南闯过北，他的发型，有着 80 年代初期艺术家的感觉。

最像人的稻草人

# 稗 子

儿童节，陈奕顺来沙溪玩。陈奕顺 5 岁，陈怀宇的小儿子，汨罗话念起来，陈奕顺就是陈奕迅。

陈奕顺发现水渠的涵洞里有一只鸡，陈怀宇扔小石子，不出来，扔小石块，还不出来。陈奕顺说，爸爸不要打它了，母鸡在保护它的蛋。

陈奕顺和娭毑（奶奶）在菜园摘菜。

顺顺说，肚子疼。

娭毑说，要拉屉屉了吧。

顺顺说，嗯嗯。

娭毑说，我带你回家。

顺顺不舍得走。娭毑说，肚肚会疼得受不了的。

顺顺歪了会儿脑袋，说，不疼了不疼了屁屁好像回家了。

第二批稻种开始浸泡。湖南省一等优质稻，俗称“三粒寸”，三粒一寸。

村民看到陈爹只用清水浸种，又问怎不下药，陈爹说不下药，村民连连摆手，好像看到了妖怪。

我主动提出拔草，毕竟拔了一个礼拜的草，我觉得能够对付。有两小块早稻田，我打算用一个下午除掉里面的杂草。我错了，我遭遇了新的对手，它们和狗牙根、马唐、蛇不过一样难搞。此外，还有一个我不曾想到的困难：稻田里是有秧苗的。这是一句正确的废话，秧苗排列，野草间杂，要拔除野草而不踩伤秧苗，需要一些耍杂技的本领；加之雨鞋陷入，脚底被淤泥拖累，我更难掌握平衡，数次几乎跌倒。田里野草，有一种与秧苗极像，但又散落在秧苗的行列之外，让我起疑。我请教了韩伟林，他说这是稗子。我说怎么这么像，他说它本来就是稻子的祖宗，我说怎么分得清，他说秆上有毛的是稻子没毛的是稗子。他还说你没穿长袖一会儿就晓得厉害。我拔掉了不少稗子（也误伤了稻子），我晓得了韩伟林说的厉害，稻叶上的毛刺拉伤了我的胳膊，通红，火辣。还有一种草，它的茎比狗牙根更脆弱，它叫鸭舌草。

两块早稻已经高过小腿，它们叶尖发黄，缺少营养。

我看见一只小小的蛙，赶快捉住，放进田里，想象着它舌头翻卷，不停吞食害虫，成为我们的小卫士。

## 藜蒿粑粑

野草不都是坏家伙。

陈爹的意思，只要它长在该长的地方，不长在不该长的地方。讲完，他看着田里，叹口气：这么多，下不得地（不得了）。

有人路过，说，怎么不打药？

陈爹叹一口气，说，哈（都）是活伢（爸爸）。

那人说，打点药，干干净净，打点药，不拐场（坏事）。

陈爹说，活伢不肯打。

那人说，生态农业噻，晓得的，用二甲四氯，一点点毒性，不拐场，自家呷的米也要打的。

农家口粮，打药少。毒再少，还是毒。

但是，野草确实不都是坏蛋。我已经吃过两次藜蒿粑粑了，一种野草做的粑粑，尽管“一月藜，二月蒿，三月四月当柴烧”，陈妈妈摘的藜蒿仍然青翠欲滴，清香浓郁。她将藜蒿叶子剁碎，混入糯米粉、面粉、鸡蛋，和匀，白糖芝麻为馅，揉团，压扁，菜油慢煎，让我吃到了春天。除了藜蒿，还有水念子、鱼腥草、糯米藤、地菜、蒲公英，都可以做粑粑。水念子学名鼠鞠草。地菜，北方叫荠菜，汨罗风俗“三月三，地菜煮鸡蛋”，我们小时候都采过地菜，吃过地菜煮的鸡蛋。

吃过藜蒿粑粑，雨就下来了，不小的雨，三口袋的稻种已经发芽露白，无论如何，今天是要下田的。先是放置秧盘；然后将田泥舀到秧盘上；再用扫帚将秧盘上的田泥扫平，先用竹条扫帚，再用棕叶扫帚。

这中间，是会歇一次憩的。回屋，小坐，喝杯豆子芝麻茶。

劳作之后，方知歇憩的好处，酸麻肌肉，缓缓放松，看烟雨迷蒙，山峦含黛，茶水小啜，滚烫驱乏，不知不觉，气力恢复，又可挽裤下田。

当地务农，惯以“憩”来划分时段，上午两憩，下午两憩，歇憩时，一边喝茶，一边商量下一憩做些什么。

一根小小的野草带出的泥巴

# 锄头

终于可以拿锄头了，干的活还是除草。

“他是个农民”，经常会说成“他是扛锄头的”，或者“他是抓锄头把儿的”，可见锄头在农事活动中的重要。锄，横斫式农具，古称“立薅”，立着薅草，所以柄长。锄好使与否，关键在锄板和地面形成的夹角：夹角太小不入土，叫懒；夹角大了入土太深，叫馋。我抓着锄头把儿，理论知识相当丰富。

陈爹分配的锄头却不给力，面锈，口钝，缺少寒光闪闪的气质，和我的理论知识很不配，和我的一身行头很不配：草帽，雨鞋，手套，扛一把锈掉的锄头。

很快，就知道了陈爹的好意：我两次锄到了自己，如果不是钝口，恐怕已经受伤。

陈爹运锄如风，贴地飞刃，层层推进；我呢，不是懒，就是馋，深一口，浅一口，东挖一坑，西刨一洞，像是狗啃。不到半小时，腰酸背胀，汗流浃背，手掌红麻，锄头变得死重，快要抡不动了。不过，幸亏抡不动，幸亏钝口。

我一顿鬼画符，草草收兵。

歇憩时，韩伟林亮出脚底，伤痕如鱼鳞，层层叠叠。

痛不？他说生在你的脚板上试试。

傍晚，我照例去看了稻秧，绿，似乎又深了一层。我又去看了黄豆秧。

随手找块地方，撒下黄豆，均匀盖上细沙土，三天后它们就会拱出来，瘦瘦的身子，顶着一个大大的脑袋。

土地肥实，什么都能长，只要你肯种。

## 稻蓟马

稻蓟马来了。稻蓟马来了。稻蓟马来了。

陈爹的“不怕鼓泥虫，就怕稻蓟马”那个稻蓟马，来了。

手掌打湿，抚过秧苗，活物一片，黑色，芝麻大小。稻蓟马，比风还“疾”，比“马”还快。

怎么办？韩伟林望着陈爹，陈爹望着陈怀宇，陈怀宇望着天。

打药？韩伟林望着陈爹，陈爹望着陈怀宇，陈怀宇望着天。

陈怀宇一跺脚，跑进中药铺，药铺先生说试试百部根煮辣椒水。陈怀宇说有用么，药铺先生说杀死过人脑壳上的色婆（虱子），稻蓟马不晓得行不行。不行也得试：买药，买大锅，放水，放辣死人的朝天椒，熬煮，得药汁五桶，摊凉，待喷。

韩伟林说见效快的话就打就死，陈爹说不死也会往下落，旁边一个爹爹说稻蓟马又不是人会怕辣不？旁边另外一个爹爹说人都怕辣稻蓟马会不怕？

药汁一时凉不下来，放进田里降温，还嫌慢，又挑来井水浸泡，要不要买几把蒲扇？潘霞（陈怀宇堂客）说，看把他急得，火烧火燎，对两个崽都冇得好（没有这么好），崽生病从来不齿（理睬）。药汁总算凉了，打完三丘苗，陈怀宇等不及，伸手去摸，啊呀，手掌生辣，会把苗子辣死不？光顾着稻蓟马怕不怕辣，怎么没想到稻秧怕不怕辣？开始犹豫，有点害怕，最后决定：折中，先打两桶。

微信来了，魏朝霞贡献惠州慈心农场的经验，要留一块地专门给虫子吃。

我的天呀。

# 抛 秧

韩伟林五点就起床了，他睡不着，想到稻蓟马就睡不着。下到秧田，稻蓟马已被杀死大半，他一鼓作气，把剩下的三桶药汁全部打掉。哎呀，韩伟林对我说，你一定要写出来，让大家都晓得，百部根熬辣椒水，可杀稻蓟马。

韩伟林左手叉腰，右手一挥：开始抛秧！

抛秧，连续三天，请来帮手，要么是老倌子，要么是堂客。三个爹爹都已年过七十，韩伟林算后生，46 岁。

抛秧之前，还有六道工序。

第一道，清铲田埂。除草，锄平。

第二道，施肥。每亩牛粪 1500 斤，菜枯若干斤，皆为堆肥。

第三道，旋耕机。前头铁齿，后面铁牛，耙田，耙工到位，土细又实，根土相着，自然耐旱，诸病少生。

第四道，耖（汨罗话念“唱”）。上有模柄，下有木齿，人以双手按之，前用动力，耙后有耖，平整田面，耖细泥块，拌匀肥料。此道工序，较为重要，牛力为之最好。扶耖，看似简易，内有秘诀：田土高，要压；田土低，要提。全靠掌中功夫。

第五道，木梯。摩平泥田，均匀田水。

第六道，田耥。匀平田泥，疏通水道。

最后，才是抛秧。

抛秧，就是将秧苗逆风抛起，自由落体，依靠底

旋耕机

部的小泥饼，秧苗能够站得起。先抛，再剁，抛幅度大，快；剁动作小，准。

以上环节，我无一能做，无一会做，陈爹只得安排一个最容易的事：起秧盘，就是将地上的秧盘掀起，负责挑担运秧的是一位73岁的爹爹。

真是羞死个人。

## 起秧盘

起秧盘，最容易的事，不就是抓住秧盘的两只角，把它掀起来吗？

然而，任何一件事情，哪怕再小，当它重复一定时间后，就会变得不容易。

秧盘，布满小孔的塑料制品，平放田地，内置泥浆，撒稻种其上，供它发芽。长边 22 孔，短边 14 孔，共 308 孔。以每孔 5 至 8 株稻秧计，一张秧盘有 1540 至 2464 株稻秧，它们的根穿过盘孔底部的小洞和下方的土壤相连。

我遇到了三个问题：

一、必须擦汗时怎么擦？延伸问题，眼镜起雾了怎么办？

二、姿势是全蹲，还是半蹲？

三、步伐如何移动？

汗快要流到眼睛里，是要擦的，双手都是泥，怎么擦？偷师老农，他们就用秧田积水洗手，再用手来做其他事情，那水是不干净，可你能不用手吗？眼镜起雾变花，简单，不戴就是，不戴就什么都看不清了，你想看清什么？风景吗？秧盘看得清吗？看得清。看得清秧盘就行。

全蹲和半蹲，各有利弊。全蹲，身体相对舒服，缺点是不便于发力，手臂的控制范围小，脚步移动频率高，且蹲久起身，眼黑头晕。半蹲，方便发力，方便移动，缺点是身体吃亏，有点像扎马步。

在泥泞的田地里，穿雨鞋走动，鞋真是多余，最好赤脚，想想韩伟林，脚底皮肤皲裂如鳞，都宁愿赤脚。我起初也是赤脚，三天后，膝盖受寒，老伤隐痛，只好又穿上鞋。

第二天，我有了小小心得，半蹲 + 全蹲，三次半蹲后，一次全蹲，交替往复，提高效率。

第三天，已经可以五次半蹲，交替一次全蹲；每次半蹲可以掀三张秧盘，再以交叉步平行移动；秧盘短边长 35 厘米左右，每次掀两张有富余，四张勉强够着，三张刚好。

泥浆是管不住的。如果穿的是旧衣服，我不会在乎。新的就会在乎，越在乎越容易累。有时候，我还会惦记激战正酣的 NBA 总决赛，一看时间差不多，就扔下手头活，跑回家赶第四节。

掀秧盘，最终我只做了一小半。看在后来感冒的分上，我原谅了自己。汗透之后，淋点小雨，我就感冒了。

那个 73 岁的爹爹老劝我休息："暴暴哩做，你是做不惯的。"

"暴暴哩"，突然的，初次的。

# 黑 狗

在农村，出门不带身份证，没关系，不带条狗，就是一个没有身份的人。

陈怀宇家的黑狗，开始跟我出门了，某一天，它放下矜持，不动声色，等我发现，看见它不远不近，跟在后面。

它东嗅西闻，拈花惹草，四处撒尿圈地，看似在忙自己的，但我们心里都清楚，它是跟着我出来的，不会很近，也不会太远。

黑狗来自贵州下司，有猎犬基因。它拒绝过我数次讨好的触碰，有意无意地经过，若有若无地嗅闻，在我伸手之前，倏然避开。陈爹出门，它跟着；陈妈妈出门，它跟着；陈怀宇出门，它跟着；我出门，它看不见。

陈怀宇说，你得蹲下来。

我蹲了下来，果然，整个世界都变了。黑狗接受了我，从最初的抚摸一下，到后来可以随意捏它的脸蛋，它舔着我，望着我，把我望成它的同类。

结束劳作，陈爹和我一人一个方向分头离开，它看看陈爹，又看看我，扭头看看陈爹，又扭头看看我，再扭头看看陈爹，然后跟着他走了。

我没有听它叫过，除非晚间院门忘锁，它蹲守吠吼，无止无休，直到主人发现自己的疏忽。无猎可狩，黑狗就捉只老鼠让你晓得它的本领。气味一经锁定，本能瞬间激活，它目光炯炯，喉头嘶鸣，身手敏捷，齿露寒光。我和它联手捕鼠，我敲打恐吓，它伺机出击，直到老鼠被擒，我望着它，把它望成我的同类。

黑狗三岁，名叫妞妞。

6 月 4 日，黑狗产下三只幼崽，二白一黑。

17 天后，幼崽出窝。

# 2比4

有机农业不是不能打药。敬金星的这句话，让陈爹和韩伟林喜出望外。敬金星是湖南省农科院水稻所的退休教授，他给陈爹、老韩发了一把尚方宝剑。

水稻所两位老教授专程来到沙溪枫树坪。张黎光，武汉大学生物系毕业，五十二年专攻育种；敬金星是省内首屈一指的栽培专家。

两位老爷子是枫树坪的两尊活菩萨。

敬金星说，像井冈霉素、春雷霉素这些抗生素，有机农业是允许打的。我似乎看到了喜悦从陈爹、韩伟林的背上冒了出来：陈怀宇和董谦两个“活伢”扔过来的压力，他们一直扛着，好多话，憋在肚子里，快要憋出病了。

桌上局势明朗，4 比 2，两位教授 + 陈爹、韩伟林是 4，陈怀宇和我是 2。

2 是二逼。

“哪有种田不打药的？”“从冇听过，只怕打慢哒，慢哒就学雷锋，送把虫呷。”“那些说不打药的，是在逗宝。”“偷摸地打，哪个晓得，哪个天天查岗？”“嘴巴上讲情怀，还不是为了把手伸长些。”这些话，爬满我和陈怀宇的耳朵。

敬金星说，植物源农药、动物源农药、矿物源农药、活体微生物农药，农用抗生素，都可以打。满腹委屈的陈爹抓紧大脚助攻：“早就想打，可我们做不得主。”搞了五十二年水稻的张黎光头槌破门：“省里的有机水稻示范基地也是打药的，这一点药都不用，万万不可能，万万不可能。”

三箭齐发，我的防线开始松动。“这样的话，我们再研究研究。”退后半步，变成骑墙，桌上比分，4.5 比 1.5。

“药，无论如何是不打的。”陈怀宇眼看不妙，紧踩刹车。我心一凛，如遭棒喝，追一句：“是的，这药打下去不难，打下去再想不打可就难上加难。”我上前半步，重回 2 比 4。

不打药，虫来了怎么办？湖南常见的水稻害虫有二十多种，我们不过领教了鼓泥虫和稻蓟马。虫来了怎么办？养鸭放蛙装灯盼蜘蛛，消灭多少算多少。

不打药，稻瘟病和纹枯病来了怎么办？没有办法。我们只能双手合十，愿老天可怜，勿要赶尽杀绝。

不打药，野草滋生怎么办？一个字：拔。

亩产搞个六百来斤就是胜利。张黎光说完，不语，闷头吃饭。

# 枫树坪抗洪

陈爹困（睡）不着觉，五点多就爬起来，飞一般赶到田里。

这倾盆大雨，一直在下。昨晚七八点开始，一直下，不歇气。有人说，这次的雨，可能不会比1998年的小。

还好，枫树坪地势高，田里水位涨了，还没淹。陈爹松了口气。两个钟头过去，陈爹再到田里，发现麻石山下来的水，越来越多，越来越急，咿呀，不对头，怕是要发山洪。

八点多钟，韩伟林在草窠里捡了条鱼，山脚鱼塘冲出来的，刚送回家，转背就看到山坳里的几丘田，被冲垮了田塍。再往里走，最靠湾边的那丘田，已被泥沙掩埋大半，田塍上被冲出一个大豁口，山洪带沙，滚滚直下。

从那块田开始，往下十来丘，水位急涨，咄咄逼人。

火线通报，迅速增援。

上门板，埋管道，填沙包，山洪太急，无济于事。于上游引沟改道，分流洪水，现出豁口，用二十袋沙包填充，这才补上。再引水，复旧道，扩展豁口下游，山洪经豁口而过，不再冲进稻田。

这段抢险，持续近三小时，六人小分队，筋疲力尽。

汨罗市气象局天气报告：7 月 2 日 08 时—3 日 08 时，我市普降暴雨到大暴雨。共出现大暴雨 14 站，暴雨 8 站。预计今明两天强降水仍将持续。

枫树坪，还有白刃战。

## 发大水

强降水如期而至。比昨天还大。

枫树坪的人说，好多年没有发过这么大的水了。

早上六点半，雨牵线跑，水走不赢。走不赢，就从沟渠夺路而出，野马脱缰。

七点半，雨势惊人。稻田满溢，田塍瞬间成瀑布。山塘怒涨，直逼堤线。小塘破围，水漫路面，鱼儿泥鳅接队逃亡。鸭棚倒伏，小鸭越狱。植被稀少的裸露山体，滑坡倒塌，危机暗伏。

八点多，雨停。半小时后，复至，稍变和缓。淅淅沥沥，整天没停。

大水退却，清点损失：几条田塍被冲垮，五六丘稻田被沙埋，冲倒禾苗数不清，塘鱼不知道还剩几成，迷路的小鸭不知道流浪何方。

再多苦力，再多人工，天爹爹喊拿走就拿走，想拿走多少就拿走多少。

所受损伤，等雨神走后，重建。

最忐忑的是涝后稻禾的恢复，农技站发了通知：

> 每亩追施速效肥料，尿素5公斤、氯化钾5公斤。白叶枯病和纹枯病可能再度发生，需使用叶青双、消菌灵、井冈霉素防范。

如果不施肥不打药呢？

呵呵。

## 修田塍

雨神不再打转身，太阳公公露脸，动手修田埂。

田埂，汨罗叫田塍（普通话读“城”，汨罗话念“深”）。不怕田瘦，就怕田漏。修好田塍，田就不漏。

不漏肥，不渗水，面平一致，棱角分明：修田塍的技艺标准。

韩伟林和建爹，一人一把板锄，修补田塍。

先取硬土，连土带草，填入缺口，踩实，再取稀泥敷上，修平，刮光。全部程序，就靠一把板锄。

要想简单省事，直接投入填土的蛇皮袋。不过，蛇皮袋不会取出，将腐烂于泥土，造成污染，所以，宁可麻烦。

该补秧的补秧。弯腰弓背，靠一双手。

该拔草的拔草。弯腰弓背，靠一双手。鸭舌草长势凶猛，拔草大姐说，要伴到伴到（挨着挨着）扯，起不得身。草多，起不得身，弯腰弓背，一路扯。

不想劳神费力，简单，打除草剂，药到草除，连带田间一切小生物。

田间观察，先前得了恶苗病的茎秆，慢慢在死。

一没打药，二没动它，自己在死。

恶苗病，大水来之前就发了。现在，还没来得及写到它，它就慢慢在死。

得了恶苗病，轻的，提前抽穗，穗形变小；重的，不能结实。

恶苗病的成因，是我们的稻种未经化学药液浸泡消菌杀毒。

重灾之后，防治攻坚。

农技站的《防治预报》今天下达，防治的虫害有二化螟、纵卷叶螟、稻飞虱，病害有稻瘟病、纹枯病。数了数，打的药列举了 15 种。

我们只是数了数。

今日小暑。

汨罗农谚：小暑南风十八朝，白天砍柴夜晚烧。

日头足了，柴干得快。

韩伟林说，要不是发了大水，早稻该扮禾（稻谷成熟后脱粒）了。

## 赤眼蜂

昨天，湖南省农科院水稻所的两位老教授，又一次来到枫树坪，跟着他们来的，是 50 万粒赤眼蜂虫卵。

50 万粒赤眼蜂虫卵，依附在 10 张纸上，每张纸 5 万只。

它们实在是小。即便孵化以后，人眼也无法辨认，50 万只赤眼蜂在枫树坪飞，没人能看到，一只都看不到。

这让枫树坪人满是好奇。

他们等着看稀奇，看到的却是一个个喝茶纸杯，

赤眼蜂虫卵

倒挂在稻田中央，蜂卵就依附在一张小纸片上，小纸片胶在纸杯内壁。

“蜂在杯子里头？”（不信）

“是的。”

“不跑出来咬人？”

“不会。”

“哦。”（有点小失望）

“连看都看不见。”

“看不见？杯子倒挂起，蜂不哈（都）跑了？”

“那里面是蜂卵，孵化之后，就是要它跑，四路哩（到处）跑。”

“跑了还回得来？跑了就没了！”

“它们跑到害虫那儿，把卵产到害虫的卵内，赤眼蜂幼虫就会吃掉虫卵。”

“哦，就是看不见，差点味分（意思）。”（有点小佩服了）

“太细，冇办法看见。”

“那它有没有把虫子吃掉，就搞坨不清（搞不清楚）了。”

韩伟林说，

没有看到过的东西，打死我也不信。

吃掉虫子的过程，是看不见的。但田里的稻纵卷叶螟、二化螟和稻螟蛉如果少了，就有赤眼蜂的功劳。

这次放的是稻螟赤眼蜂，专门对付上面那三个大坏蛋。

它的体长只有 0.5—0.8 毫米。

赤眼蜂，顾名思义，眼睛是红的。当然，这个肯定也是看不见的。

它只有不到 1 万个神经元（一只蜜蜂的神经元是 100 万个），但仍然能完成繁杂的行为：找到寄主的卵，并将卵产在寄主的卵内。

放完蜂，两位老教授又叮嘱了一遍：

生物农药可以打的，防稻瘟病，要打；有机肥可以追的，田间缺肥，要追。

## 暂别

今天，暂别枫树坪。今天，回家。

陈妈妈说，这段时间胖了瘦了？农村饭菜不比深圳。陈妈妈，我没有告诉你，在深圳，我不晓得饿，在枫树坪，我晓得了。

陈妈妈说，黑是黑了不少，回家妈妈该心疼了。陈妈妈，黑是太阳和劳动给我的，妈妈会心疼，更会开心，她会看到一个更加健康的儿子。

陈爹做了白辣椒，陈爹做了刀把豆，陈爹做了豆豉辣椒火焙鱼，陈爹说，带回家，让爸爸妈妈尝一尝。

爸爸妈妈没有来过枫树坪，吃过白辣椒，吃过刀把豆，吃过豆豉辣椒火焙鱼，他们就会去到儿子劳作的土地，看到这里的山，这里的水，这里的稻田。

6月6号来的枫树坪，今天是7月12号，37个日夜。一颗稻种，已经长成了秧苗，高过了我的膝盖。

它们遇到了鼓泥虫，遇到了稻蓟马，遇到了恶苗病，遇到了暴雨山洪。它们听到了陈怀宇、董谦这对“二逼”青年的犹豫与矛盾，坚持与憧憬。活泼泼地，它们活着，还会有虫，还会生病，也会抽穗灌浆，也会结粒收割，它们，终将成为一碗最平常不过的米饭。

它就是一碗米饭，如同阳光，如同清水，如同食盐。

枫树坪的那个夜晚，稻田新垦，铺满牛粪，半丘污水，素月分辉，月光倒映的，不管是万里碧波，还是满田粪水，一样的清晕共影。那一刻，我表里澄澈，悠然心会。

亲爱的读者，谢谢你们。枫树坪的稻香，与你们同在。

# 茄子穿梭机

这是什么？徐子沐问她舅。

茄子。我说。

我怎么没有见过这样的茄子？徐子沐说。

徐子沐 10 岁，深圳生，深圳长。

这样的茄子，她没见过。

她不是没见过茄子，她是没见过这样的茄子：丑丑的，紫一块青一块，还有刺。

茄子上的刺，扎到妈妈了，很痛，那些刺又硬又尖又短，不讲情面。

妈妈 1997 年来到深圳，吃深圳的茄子，只要愿意，她可以天天吃茄子，春夏秋冬，随想随吃。枫树坪的陈妈妈不是这样的：她推开菜园门，看到了茄子，今天吃茄子吧，这个想法是她看到茄子之后出现的，而且，她只能在夏秋吃到茄子，过了季节，菜园里就不会有茄子了。

农夫不会在冬季种出茄子给自己吃，他们这么做的唯一理由是，它们能卖到好价钱。农夫这才种出反季节的茄子。

反季节的茄子，已经失去本味和营养，因为紫外线无法穿透塑料薄膜或者玻璃。

再先进的科技，都不可能替代阳光。

再先进的科技，都不可能替代四季。

妈妈做的油淋茄子，美味，但味道的来源，更多是食材本身的味道和烹饪技艺。

陈妈妈做茄子，清炒，油，盐，两个青椒，入嘴入胃，茄子本味。

37天没见妈妈，讲了半天茄子。她哈哈笑，眼睛闪亮。

四只茄子，让妈妈回到了她的故乡，回到了她的青春，美好的时光。

四只茄子，已经不是茄子，而是时光穿梭机。

徐子沐的口味，随她爸，尽管少回四川，爸爸喜欢吃的，她也喜欢。

爸爸很瘦，徐子沐跟着皮包骨头，却是一个跆拳道练习者，她说，一定要拿到黑带。

从入门到黑带，需要11个等级，徐子沐，舅能帮你的，就是一碗米饭，让你吃饱肚子，快使用回旋踢，哼哼哈嘿。

## 枫树坪

高铁，深圳北至汨罗东，运行约三个半小时；经107国道，过黄柏，拐060县道，七八分钟后到沙溪；步行五六分钟，已入枫树坪。

想象的翅膀，扑扇一下，飞抵山坳深处，桃花源。

枫树坪，绿意盎然。

阮元说——

交流四水抱城斜，散作千溪遍万家。

深处种菱浅种稻，不深不浅种荷花。

山溪，从麻石山而下，散作分流，以灌农田。麻石山，高不过数仞，杂树野草，伏藏山塘数口。登高，纵目，枫树坪如抱，三五屋舍，结庐在人境，而无车马喧。

绿树村边合，青山郭外斜。

一片天趣，却少世情。

陶渊明说——

孟夏草木长，绕屋树扶疏。众鸟欣所托，吾亦爱吾庐。既耕亦已种，时还读我书。

既耕亦已种，时还读我书。这才是最好的人生。

此刻，我应该坐在韩家屋檐下，劳作一憩，汗透衣背，滚茶入嗓，消疲解乏。

如遇雨后，或薄雾带绕，或轻烟笼盖，麻石山上，似有仙人。

秧苗就在田里，风吹稻浪，暗香浮动。

连日来，没有稻秧的消息。

没有消息，就是好消息。

直到昨晚，陈怀宇发来照片，卷叶螟现身。

严重吗？

不严重，应是敌军残部。

谁人杀敌？

赤眼蜂。

还记得那些肉眼看不到的小蜂吗？ 50万粒虫卵，不知育出几多小蜂？又不知如何杀却螟虫？

枫树坪，如同被握住的杯子。人声，犬吠，鸟鸣，鸭叫，此起彼落，交相混响。

几位爹爹，相见无杂言，但道桑麻长。三五堂客，家长里短，牌桌输赢。聊意阑珊，起身做饭，不见炊烟，但闻油盐爆锅，尖椒呛辣，顿时腹如鼓鸣——

呷饭切！

野花

## 肯 长

7 月 12 号回深圳，18 天后，重返枫树坪。

似乎，昨天刚走，今天就回。

禾苗蹿高了一大截。

高出了我的想象。

稻鸭已经完全看不见，假如不嘎嘎叫，你根本不可能知道它们在哪里。

怎样让你们知道，禾苗到底有多高呢？

我回头，看看黑狗妞妞，黑狗没反应；我指了指稻田，黑狗跑开了；我把它逗过来，挠它耳朵，又指了指稻田。

黑狗看着我：能不去吗？

我目光坚定：必须去。

黑狗看看我：坑狗呢。

我指向了稻田。

黑狗嗖地钻了进去，一眨眼，又嗖地钻了出来。

拍照根本来不及。

能不能再来一次？黑狗不看我。

就一次。黑狗不看我。

最后一次。黑狗不看我，跑了，远远的。

怎么逗，也不回来。

没办法，只有拍下狗爪印。

放赤眼蜂的纸杯，是静止参照物。

我走的时候，杯比苗高。

我回的时候，杯入苗中。

我问韩伟林，禾，如何？

好。

跟那些打药的比，如何？

好。

跟往年那些打药的比，如何？

好。

## 线鸡

立秋这天，何师傅来线鸡。

一连两天，线了两百只。

线鸡，既是动词，又是名词。动词，阉割鸡；名词，阉割过的鸡。

何师傅明年七十,四十余年，线鸡无数。

线鸡三字经：稳准狠。何师傅，白头翁，照样稳准狠，且不戴眼镜。

绑鸡，下刀，篾弓撑开，小勺钎棒，双管齐下，捻动钎棒附着的细细棕线，套扯阳子（睾丸），使其脱离。

一气呵成，方能一天百只。

捻线，套扯，最要技术，最要稳准狠。何师傅说，学艺时，一根钎棒不离手，哪怕睡觉，冬练三九，夏练三伏，好似练武。

何师傅当过乡村民办老师，线鸡是副业。

线鸡比教书来钱。

他的第一块手表，第一辆自行车，第一台电视机，三个孩子的长大成人，都靠线鸡。

整个沙溪，线鸡者不过一二。

何师傅的手艺，稀缺。

线鸡，有师承。

民间技艺，口耳相传，师傅徒弟，徒弟师傅，代代传承。

何师傅说起他的老师，叹口气，当时传授的全套吃饭家伙，只剩下这枚铜钩。

铜钩上，一粒鸡血，垂垂欲滴。这分明是古龙的离别钩。

古龙的离别钩：

“你为什么要用如此残酷的武器？”

“因为我不愿被人强迫与我所爱的人离别。”

“我明白你的意思了。”

“你真的明白？”

“你用离别钩，只不过为了要相聚。”

何师傅用线鸡钩。

只不过为了让我们与一只味美的鸡相聚。

线完之鸡，

不暴，不躁，不乱想，不花心。

专心致志，长膘。

待到成熟，味极鲜美。

江湖非专业名厨黄磊，描述线鸡炮制法：惠州清蒸鸡，选阉鸡，一岁大小，腌三四个小时，不腌透，去掉盐，滴水不放，三两片姜，蒸出一碗汁来。

一鸡在口，乐不思蜀。

被何师傅线完之鸡，

需在鸡舍静养两日。

它们呆萌晕乎，怅然若失。

## 孕穗

早餐能够碰到陈爹，破天荒。

也能看见韩伟林坐下来，原来他不是屁股不沾凳。

我这一看，韩伟林倒不好意思坐了，背着锄头又要出门。

没有关系韩伟林，该劳动的时候劳动，该歇息的时候歇息，能歇久一点久一点。

何况，田里一直没有闲着。

看不见的赤眼蜂；

到处蹦跶吐舌卷虫的蛙；

一张嘴巴不打腾（不停）的稻鸭；

值晚班的诱蛾灯。

它们都在，稻前带刀侍卫。

第二批50万粒赤眼蜂虫卵，跟着张黎光来到枫树坪。

田不错，老教授说，常常想着你们这块田。

田不错，正在孕穗。

张黎光剥开稻秆，露出了里面藏着的幼穗。

青，也许是淡绿。

恬静，羞涩。

那株幼穗呈现的时候，我仿佛看到了B超影像上的胎儿。

我瞬间知道，我有两次生命，一次还没结束，一次刚刚开始。

幼穗继续长大，就会抽穗。

所有人都安静下来，聒鸭关紧，锄头靠墙，等候上天安排。

多或寡，满或瘪，它自有主张。

它的主张都是对的。它从来没有让一只飞鸟饿死。

所幸影响仍在叶鞘和叶片，还未侵入茎秆和穗部。

纹枯病的后果，减产。

我们，听命。

放在过去，韩伟林该追肥追肥，该打药打药，想都不想。

站在稻田深处的韩伟林，有点孤单，我想上前，和他说几句话。

## 太 阳

热的，很热的，非常热的。

在屋里，一身汗。

出了门，一身大汗。

锄半块地，黑汗水流。

太阳把我关进蒸笼里。

日光真的很强，

一条万物生长的鞭子。

万物生长靠太阳。韩伟林说。

他脸膛黑红，因为亲近太阳。

高温控制了纹枯病。

没赶跑，也没继续失守。

性急的稻穗，

从稻秆里破壁而出，

淡青，顶着稻花，毛茸茸的。

太阳，一定在让它们发生着某种变化。只是我们不知道。

我们很多事情都不知道。

所以，福冈正信说，

分蘖多并不意味着高产，粒数多、稻株高，也不意味着高产。在大多数情况下，稻子成熟时，秋季的天气才是决定高产与否的关键因素。

把这段科普的文字诗歌化，用顾城的话来说——

青青的野葡萄

淡黄的小月亮

妈妈发愁了

怎么做果酱

我说：

别加糖

在早晨的篱笆上

有一枚甜甜的

红太阳

韩伟林端出西瓜，还有太阳的温度。

甜，又不特别甜。

红，又不特别红。

下种前，鸡粪与泥土混合发酵。

下种后，没拔草没下药没施肥。

韩伟林说，根本冇齿（没理）它。

丝瓜

生长的时候，人不用齿，有大自然，让它长成一个纯粹的西瓜。

早起，趁太阳还没露面。

抽出的稻穗上，趴着小小的昆虫，五六种，我不知道它们是害虫还是益虫，最好都有。

没有了害虫，益虫也会饿死。

露珠打湿鞋子，

空气微润。

热到尽头，不会再热，

七月流火，开始转凉。

## 飙线灌浆

回深两个礼拜了，陈怀宇不时发来照片。

错过好戏，错过稻穗疯长。

抽穗，陈爹不喊抽穗，喊飙线。

飙，破茎而出，争先恐后。

飙，一日不见，如隔三秋。

放肆，飙。

放肆飙。

临走前，陈爹采了两株稻穗。

陈怀宇数一株。我数一株。

陈[illegible]宇那株275粒。我这株178粒。

陈爹说，蛮好。

细看，稻壳上方，一道尖芒，左右两瓣，还没长拢，里面，空的。

飙完线，就灌浆，

灌完浆，就结子，

结完子，水稻弯腰。

我在深圳。

禾在飙线灌浆。

待我回到枫树坪，剖开一粒稻，会有白色的米浆，流出来，流到我的手指上。

大自然魔术师，即将抖开那块黑色绒布，

一只白鸽，

就要，就要飞出来。

## 秋 天

离开枫树坪，还是夏天。

回到枫树坪，就是秋天。

两周，空壳之内，长出米来。

剥开，一粒，两粒，三粒，四粒，五粒，不小心断了一粒，两个半粒。

青涩，害羞。

我俩对视良久。都不说话。

左看，右看，左右看。

青涩，害羞。

没有晶莹剔透，没有光芒闪耀。

丑小鸭。

扔一粒到嘴里，久久咀嚼，直到无味。

稻鸭紧关。锄头靠墙。农人抬头望天。

谷壳里的运化，一刻没停。那种忙碌，神奇，神秘。

陈爹说，再过半个月，收割。

从一粒稻种长出秧苗，歪歪斜斜，弱不禁风。

半个春天，一个夏天，半个秋天，眼看着要收割，眼看着要从一粒变成一把。

《圣经》说，

凡事都有定期，天下万物都有定时。生有时，死有时；栽种有时，拔出所栽种的也有时。

枫树坪人说，

这是最好过的日子。

阳光温驯，气温凉爽，天空瓦蓝，万物竞长。

我听到了骨骼伸展的声音。

我闻到了精神自由的气息。

郁达夫说，

秋天，无论在什么地方的秋天，总是好的。

何况，故乡的秋天，稻香浮动的田园。

我就在这里，哪儿也不去，等待收获。

# 鸭狗鸡

稻鸭关不紧，就成“盗鸭”。

篱笆再牢，总能被它们找到缺口，完美越狱，游荡田埂稻间，踮脚伸脖，啄食弯腰稻穗。

因为饿。

没见饱过，总要吃，一断粮，就越狱。

困在家里的，就叫唤。一只鸭子，一声“饿饿饿”，上百只鸭子，上百声“饿饿饿”，委屈大得很。

群鸭，有领头鸭。

领头鸭不固定，谁走头里，谁就是头儿。

一只鸭子跑出去，一堆鸭子跟出门，不声不响，嚯，出来这么多。

要把它们赶回去。

先还不是赶，挑一担食，打开圈门，嘴上“哩哩哩”，鸭子一听，嗯，屋里饭好了，快点回家。

也有傻的，圈门敞开，看不见，绕着圈跑，干着急，进不去。

得赶。

几条通道，分人把守，再有一人，负责驱赶。把守的人，不能太近，太近鸭子不过来；不能太远，太远鸭子一扭头又扎田里去了。这人刚“哦斥哦斥”，鸭子就分兵，跑东的跑东，跑西的跑西，想赶我，哼，累不死你。

黑狗一看，你们不行呀，得，我上吧。

这下好，鸭飞狗跳，场面失控。

得先把黑狗骂走。

我还骂不走，为什么？黑狗听不懂人话，它听的是语气。黑狗一听，这个人不是真骂，嗯，不怕你。

黑狗是我的好朋友。

枫树坪人说，瞧，你出门带保镖了。

黑狗回枫树坪，也是怯的，枫树坪有枫树坪的狗，一言不合，就得干仗。踏进地界，两三条地头狗，就围逼上来，眼神冷酷，配合默契，阵型紧凑，准备出击。黑狗靠拢，蹭我裤腿。

过了危险区，两只小白狗迎上来，黑狗松口气：自己狗（“自己人”）。

陈爹养了四条狗：妞妞、公来福、母来福、小宝。黑狗妞妞看家，三狗守鸡棚。公母来福，一对小白狗。小宝不小，狼狗串种，看起来人高狗大，却不算狠。

还是鸡们日子滋润，隐居山林，不问世事。

这鸡，也跟人似的：有的宅，有的野。宅在屋里的，画地为牢，打盹刨食。野在山林的，路在爪下，心有多大，舞台有多大。

# 好 雨

好雨知时节。

周四一场雨，周五一场雨，淅淅沥沥，落到周六。

枫树坪笑逐颜开。

稻谷喜欢的。

雨洒谷黄，活熟到老。

菜蔬喜欢的。

升爹说，天干，不得菜活。

升爹 72 岁，每天担水浇地，一担水，百把斤，菜园在矮梁之上，水浇下，没动静。

杨爹说，萝卜菜籽点过四道。

发芽的话，先是两片叶子，叫娃娃菜；再出三片叶子，才是萝卜菜。萝卜菜更苦，辣口。娃娃菜煮芋头仔，一绝。

陈爹说，处暑荞麦白露菜。

白露已过，菜蔬再不催动，恐怕会误时令。

好雨知时节。

杨爹说，落的不是雨，是金子。

升爹的黄芽白转背见芽，喊得应。

陈爹刨个浅窝，点上齐心白籽，说，过两天你再来看，只要两天。

一层雨，一层凉。

这一年自夏历秋，毒热七八十日不解，如同炮灼，觉得不复有清凉时，忽遇凄风微雨，苏轼遂御夹衣。他记起陶渊明的一句诗："今我不为乐，知有来岁不？”顾念兹岁，屈指可尽，心中惕然。

这一年陶渊明45岁，作《酬刘柴桑》。

“今我不为乐，知有来岁不”的前一句是“新葵郁北牖，嘉穟养南畴”，葵菜是他最爱，好味止园葵。南畴的嘉稻，眼看也要成熟。

“今我不为乐，知有来岁不”的后一句是“命室携童弱，良日登远游”。堂客，明天带上满崽（最小的孩子），我们一家去爬山。

是爬麻石山吗？

忽然觉得，那一年的陶渊明，就在枫树坪。

## 比 邻

那一年的陶渊明，就在枫树坪。

麻石山下，种豆。

种豆南山下，草盛豆苗稀。

晨兴理荒秽，带月荷锄归。

兴许还有条狗，支棱着耳朵，前面带路。

陶潜种豆，升爹种菜。

挖出一堆茴坨，挑了三个最大的，升爹说，和饭一坨煮，好呷。

茴坨，红薯。清明下种，小满插苗，霜降收获。

找不到袋子，升爹寻根草，捆上，让我拎着走。

菜园一角，韭菜花疯开。陈爹说，是味药材，对皮肤好，对眼睛好。

篱外野草，掐下一截，陈爹说，闻。

清香浓郁，直贯脑门。

艾，又叫苦艾，学名野艾蒿。春天做粑粑，端午熬水，洗浴，驱邪。

四路到处是宝，就怕你认不到。

刺坨坨，儿时打闹，小心摘下，便是武器，或故意掷入女生长发，产生一番纠缠。它的功效，散风、除湿、通窍，学名苍耳子。

穿过农户，沿小径，三五步拐进山脚，静寂林间，苔痕掩映。

大白找到了一株菖蒲，一株鸢尾。

叶片似兰，菖蒲较兰叶短，鸢尾比兰叶阔。

生拙，野气。

撕开菖蒲叶，凑近，气味醒透深沉。

大白说，菖蒲鸢尾，香草美人，枫树坪离《楚辞》好近。

屋后有矮橘。

虽矮，挂果多。一年好景君须记，最是橙黄橘绿时。

掰下转黄的那只，剥开。橘香沁人心脾，多汁，味酸。妈妈最爱的酸，全力以赴，不留余地。

橘皮晒干，也可入药。

师弟阿谭在湖北黄梅谦益农场种的黄豆，多日前，已经结荚。

他种的黄豆，让我小嫉妒。

沪上二哥，雨天发呆，忘记今夕何夕，醒转留言谑我：

檐下躲雨吟陶苏，只见口水，不见汗水。

哈，偏要吟多两句：

道狭草木长，夕露沾我衣。

衣沾不足惜，但使愿无违。

若心意相通，

或天涯，或咫尺，都若比邻。

## 烧宝塔

义哥深圳来，带我去新市。

汨罗古风之地有两处：一长乐，一新市。

这一天是中秋，新市镇烧宝塔。

新市依汨罗江而建，自宋朝设坊，商贾云集，物阜民丰，有“小南京”之称。

义哥此地生长，所记所忆，一江水载。

儿时，不喜读书，赤膊挑胯（全裸）打泡湫（游泳），横渡中洲摘桑葚儿，扎个弥子（憋气潜水）摸鱼儿。上到岸，三街九巷，户户相连，躲个掐掐（捉迷藏），捉个玄点（知了），打个乱仗。

每到中秋，就烧宝塔。

烧宝塔，祭河神，求风调雨顺，求水不淹人。

家家出木柴煤油，孩子们捡瓦片，堆成圆塔形状，黄昏月升，木柴放置塔内，烧之，瓦片烧红，再泼煤油，火上加油，霎时火焰腾空，光耀如昼。

一条巷子一座塔，哪座塔烧得最为红透，便得吉兆。

义哥这般孩子，附近瓦片捡光，也会上房揭瓦，揭别人家的瓦，防自家瓦被揭。

堆塔有技法，若是塔烧垮了，河神就会发脾气。

今年中秋，还烧宝塔。

宝塔已堆好，木柴也填够。

空水澄鲜，一江泓碧，平岸小桥，老树凝绿，只是青石板已拆，旧房子不在，走街串巷，义哥时空跳转。

除了烧宝塔，还有故事会。

今年，上市街和下市街自行筹款，各出一台故事会，要比长短。

故事会，湖南省首批国家级非物质文化遗产，长乐镇最盛，新市镇紧跟。

故事会要扎。通过道具的扎制，将幼童固定，从而使人物与道具一体，成为经典民间故事的场景。根据扎制工艺，又分地故事、矮故事、高故事、高脚故事。分头扎定，编队出巡，游到天黑。

故事会要比。童谣是这样唱的：

> 上市街，上市街，人也多，钱也多，扎起故事像骆驼；
>
> 下市街，下市街，人也少，钱也少，扎起故事个个好。

义哥扮过赵子龙。常山赵子龙，单枪匹马，一身是胆。不是谁想扮就能扮的。

故事会

午饭流水席。简而不陋。

一道肉汤笋，熬出了滋味。主事的人殷勤留客：晚饭预了席，有新市土八道。

一位长者又讲起义哥扮赵子龙。

义哥说，赵子龙是威风，就是不敢屙尿。

长者说，未必冇屙到裤裆里？

义哥说，哦敢（哪敢），赵子龙湿裤子，那就不好看了。

长者说，现在好得，有尿不湿。

那晚，我没有去新市镇看烧宝塔。

想看看满月下的枫树坪。

四野黢黑，麻石山脊线，勾勒可见。

没有月亮。

月亮呢？

月亮在深圳。

## 走人家

张大姐说，走，走人家去。

村路曲折，东弯西拐，豁然开阔，中央低四周略高，低处是稻田，高处有人家：一两家竹林掩映；一两家背靠高山；一两家临水而建。

秋阳温润，入眼皆画。

走人家，就是做客。

男主人黄大哥，女主人谭大姐。

孟浩然说，

故人具鸡黍，邀我至田家。

绿树村边合，青山郭外斜。

张大姐和谭大姐是同学，是故人。谭大姐的爸爸谭老师，初中教过陈怀宇，转个弯，还是故人。

自养土鸡，杀好了，放云南野菌，炖汤。

凉拌笋，开春时采自山上，脱水储藏，随吃随拌，鲜嫩爽口。

小河虾，水库现捞，先炸后炒，酥，香，甜。

豆角切粒爆炒，入味，极好下饭。

黄大哥举杯，把酒话桑麻。

谭大姐客气，“冇么哩菜啦”，“呷冇菜饭嘞”。

一桌子菜，摆不下。

酒足。饭饱。

走一段，山脚深处有户人家，独门孤院，疑是桃源遗民。

男人浇菜，女人洗衣，儿女不在身旁。

问：哦哩不搬出去？

答：住惯得，懒得动。

路边，有人搭梯摘枣。定要塞上一捧。衣服上擦擦，扔到嘴里。

甜不？

沁甜咯。

年年都生，还来。

要得。

山是飘峰山，离天三尺三，人要低头过，马要卸落鞍。

水库亦名飘峰。黄大哥每天放笱（捕鱼工具），斤把小鱼碗把小虾，自家呷。

跟黄大哥收笱。

怕没有两斤，看到客来得。黄大哥说，拿回切（去），搞两餐。

汨罗人讲，又呷又提。

这鱼，滚汤最鲜，也可油炸，若再小点，做火焙鱼最好。

谭大姐说，掐好（挤掉内脏），腌盐，不怕坏。

谭大姐的妈妈说，我来掐。

谭娭毑八十了，眼不花，手不抖，又稳又快。

张大姐，沙溪人，先到长沙，又居深圳。

越走得久，越走得远，越想家乡。

待到重阳日，还来就菊花。

## 收 割

今天收割。

写下这句话后，我一时竟然无语。

为何反而生出怯？

好奇怪。

陈怀宇也是，

提心吊胆，憋着。

是稻谷还不尽美？

穗虽不错，弯腰却不够深，空壳也不少。

是收割计划的曲折？

两个主打品种，之前枫树坪都没种过，怎么收割缺少判断依据，加之稻田熟老不均。最后决定：分片收，熟一块，收一块。

是收割之后的两难吗？

既想秸秆还田，又想播草籽（紫云英），都可使土壤增肥，都可改善土壤质量，但是，如何处理秸秆和草籽的田间共处？现有的收割机只能割取有穗部分，余留秸秆如何还田，又如何不影响草籽的生长？原方案是：将秸秆连同禾蔸再次翻转，让其入土沤烂，同时撒播草籽，但是，如此一来，成本翻番。改定方案是：收禾之后，即撒草籽，再用割草机割倒秸秆，适量铺在田里，保护草籽存活，其余喂牛，过腹还田。

还有啊，还有更难的。

两款米，都是长粒子，周边的打米设备能适用吗？

打出后的米，口感松软吗？好吃吗？

没有使用一滴农药，没有施过一次化肥，没有打过一次除草剂，但是，土壤残留毒素呢?

最最难的，

打算卖多少钱一斤?

如何既能让身边的人吃得起，又能保证这个事业有永续的动力?

陈怀宇，你的脑壳恐怕要想出一个洞来。

暂时不想了吧，兄弟。

稻子今天收割。

## 亩 产

半个上午，一个下午，收完 11 亩。

许多人建议“久保田”收割机，我们坚持“龙舟”，汨罗品牌，湖南民企 500 强。

开“龙舟”的师傅说，有些紧张，你们这禾，种得金贵。

收下来的谷，就晒在篮球场上。

所有人都说，日头晒好过机器烘。

家家户户，都在晒谷，屋前背后的水泥坪，清空，临用。村民碰到，只问一句：你家的禾，打了好多斤谷?

晒谷的工具有板谷耙、扁齿耙、笤帚。

用扁齿耙除去禾毛秸秆，用板谷耙起成道道小垄，用笤帚扫散谷。

杨爹抽根烟，咪口谷酒，看看日头，起身翻动。

陈怀宇守谷，睡在谷旁，深夜微信：快来。

未见谷，已闻香。

淡而清雅，若有若无，暗潜，浮动，整个院子。

安静地，谷粒在呼吸。

吐气如兰。

枫树坪。

黄昏日落，暮色四合。

大地收纳酝酿了一个生长季的味道，收割之后，全部释放。

晒谷

满田割断切碎的稻禾，融入了太阳的气味，风的气味，雨露的气味，动物的气味，植物的气味，微生物的气味，人类的气味。由里而表，至和充溢。

我伫立久久。

心境廓然，会意忘言。

直到最后一朵云，被夜藏起。

停云。

停云，思亲友也。

葡萄牙小城辛特拉的满天繁星下，张清挂念枫树坪：六弟与稻谷，都安好否?

晒足两个太阳。

杨爹说，咬一口。

连壳带米，“嘎嘣”一声脆响。杨爹说，晒好了。

装袋。一粒都不肯放过。

过秤。总重 6357.7 斤。亩产大约 570 斤。

## 说 话

枫树坪最冷的一天。

零度。

零度，开始的原点。

米出来了。

最冷的一天，米出来了。

枫树坪长出来的米，就叫枫树坪。

陈怀宇说，

送进去的谷 22380 斤，拿回家的米 8680 斤。

陈怀宇说，

一级香米 2390 斤，10 斤一袋，得 239 袋。二级香米 6290 斤，10 斤一袋，得 629 袋。

陈怀宇说，

一级香米售价 17.8 元 / 斤，二级香米售价 14.8 元 / 斤。不包邮。

陈怀宇说，

碎米可以煮粥，糠头可以喂猪。

能收回成本吗？

不可能。万事开头难，总要交学费。

我关上门。

屋里是米。米，和我。

我说，我记得你这个秋季最后的模样。

我说，一个又一个分隔两地的夜晚，你有想我吗？

我说，在屋子外头，我就闻到了你的清香。不管何时，无论何地，我能用鼻子认出你。

我说，你怎么不说话？

米，沉默。

我倾听呼吸。米的呼吸，我的呼吸。

我倾听呼吸。我的呼吸，米的呼吸。

我说，你怎么不说话？

米说，我只要你记得最初你说过的话。

我说，我记得。

米说，不要说出来，我不想有压力。

我说，你有压力，我有压力，陈怀宇更有压力。陈怀宇抽烟减压，我写《种稻记》减压，你呢？

米说，我也写东西。

我说，写什么？

米说，信。写信。但从不寄出去。这样才能忘记。

我说，为什么要忘记?

米说，为什么要记得?你赶紧把我煮熟，把我吃掉，把我彻底忘记。

我说，为什么要彻底忘记?

米说，彻底忘记，我们才能重新开始。

## 野菜和方言

陈妈妈说，呷看（完）早饭，去摘野菜。

湄江河边，水芹逢时。

不是她在寻水芹，而是水芹在寻她，争先恐后，很快就一篮。

我也想摘，又怕摘错。

陈妈妈说，闻，水芹是水芹的气色（气味）。

摘完水芹，气味一直留在手上，洗过手，淡淡的还在。

顺路，又扯了一堆水念草。

水念，学名鼠鞠草，顶着一簇黄色小花，田边路旁，极为常见。汨罗话，水鼠同音，水念粑粑清香扑鼻，老鼠多半也会惦念。

像臭米弹（念“潭”），它的怪味，很多人受不了，会“弹”开。

我愿意写成“臭米弹”，而不是“臭米潭”。

陈妈妈咳嗽，不见好，臭米弹熬水，喝上两天，就舒服了。

臭米弹就是鱼腥草。学名蕺（念“急”）菜，《本草》有录。

又比如蕹菜，

我喜欢写成“问菜”，可爱过“蕹菜”。

“二回”，就比“下回”可爱。

还有“呷”，念“恰”，嘴张大，音爆破，好像把一切都能吃掉。

一天，不喊“一天”，喊“一捏（一日）”。“日”是从太阳来的，是时间维度，不像天，是空间维度。

文章的第一句话：“呷看早饭，去摘野菜。”“去”，汨罗话念“切”，写出来，是“朅”。章太炎说：“今江南多言去，北方多言朅。”词语的流浪，其实是人口的迁徙。

也有搞不清坨（搞不清楚）的，为什么“石”和“蛇”都念 sha，“石”是四声，“蛇”是二声。

水念草焯熟。

剁碎，剁到闷闷碎（“闷”形容细小，蚊子很细小，所以叫“闷子”），面粉鸡蛋和匀，清油煎摊，颠勺翻面，起锅前撒芝麻白糖。

去年，吃藜蒿粑粑，我说我吃到春天了。

今年，吃水念粑粑，我说我又吃到春天了。

# 拖牛粪

几天不到枫树坪，想念它的味道。

淡淡牛粪味。

开春之后，到插秧之前，

陈怀宇满脑壳两个字：牛粪。

庄稼一枝花，全靠粪当家。

何况，枫树坪不用化肥。

牛粪和菜枯，更显宝贝。

每亩 2000 斤牛粪，200 斤菜枯。总面积 130 亩。

算术简单，过程困难。

所以，

只要听到“牛粪”，陈怀宇就会两眼放光。“哦得（哪里）？就来！”

大型养牛场，不敢用。

得农家散户，吃野草，粪好。

粪，繁体为“糞”，米田之共也。

小时候，住外公家，出门玩耍，外公说：“伢子，屎，记得回来屙。”实在憋不住，屙在外头，他会不高兴：在哦得（哪里）呷饭，就在哦得（哪里）屙屎。屙到别个屋里，又不长自家禾。

陈怀宇的车，陈怀宇请的三轮车拖拉机，陈怀宇的手机，陈怀宇的朋友圈，

满是牛粪。

他带上人马，扑出去。

沙溪，黄柏，汨罗，平江，一圈圈扫。

家户的牛粪，先尽自家用，有剩的，才喊人拖。好话一皮箩，不见得管用，还得赔着笑脸开票子。

《天工开物》说，

凡稻，土脉焦枯，则穗实萧索。勤农粪田，多方以助之。人畜秽遗、榨油枯饼、草皮木叶，以佐生机，普天之所同也。

陈爹说，用粪如用药，地力常新壮。

去年，每亩下牛粪 1500 斤，省农科院张黎光老教授过来一次，摇一次脑壳。“肥力不够，肥力不够，肥力不够。”

今年在平田插秧之前，陈怀宇拖了近 300000 斤牛粪。

一袋 100 斤，3000 袋。装袋，装车，卸车，卸袋，担到田头，3000 袋。

陈怀宇说，

莫碰到落雨，落雨一身臭，闻不得。

300000 斤，中途要追一次肥，还不够。

继续拖。

上初中，搬新家，新家在城郊。

城郊地多，爸爸种菜。

地头一缸，储粪堆肥。

放学回家，爸爸说，去，给茄子辣椒泼点粪水。

不肯。嫌臭。

爸爸说，

没有臭，哪来香。

# 牛

牛粪是好的，牛粪是牛屙的，

所以，牛是好的。

岁后八日，五牛，七人，八谷。

牛排在人的前头，排在谷的前头。

在汨罗，对一个农民最高评价：

不是使得一手好锄头，

也不是插得一路好秧，

而是 sǎi 得一手好牛。

sǎi 牛，耕田。

这个读音，对应哪个汉字，问了不少人。

没有答案。

锄头好使，秧好插，牛不好 sǎi。

因为牛是活物，且倔强。它慢慢看着你，眼神温柔，就是不听你的。

去年，枫树坪请了个 sǎi 牛师傅，好酒。“陈爹，把酒筛满，sǎi 牛咯本事，我喊第二，冇人敢喊第一。只管筛酒就是。”次日，二两进肚，牵出牛来，摆开架势，不足一憩，又喊：“倒杯酒来。”耕完一丘田，陈爹叹口气：“呷酒是蛮敖（厉害）。”

牛不好 sǎi。先 gào 牛。

gào，有汨罗人讲是“教”，汨罗话，“教”念 gào，gào 牛不就是“教”牛吗？也有汨罗人讲是“告”。

多半是“告”。“告”同“告”。“告”，上面一头牛，下面一口人，人训练牛。

有一次，走到神鼎山半腰，看到 sǎi 牛。一牛，一犁，一老人，一块不规则梯田。

前进，掉头，左拐，右拐。短促的吆喝，细微的手势。

配合默契，天衣无缝。

牛、犁、人，一应如旧，从几千几百年前照搬而来。

一路走来，诗随牛行。

清新如“水牛浮鼻渡，沙鸟点头行”。

温暖如“斜阳照墟落，穷巷牛羊归”。

沉重如“夜半饭牛呼妇起，明朝种树是春分”。

又想起阿城的《孩子王》。

“牛馋咸，尿咸，于是牛们攒头攒脑地聚来接尿吃，极是快活。……凡是给牛喂过尿的，牛便死心塌地地听你吆喝，敬如父母。”

而我，还在隔山打牛。

弱弱交代一句：牛毛都没摸过。

羡慕周德利。小时候，他在汨罗江畔放牛，打泡湫（游泳），横江而渡，自在来回。或骑上牛背，双手放空，鞭牛狂奔。

胯下黄膘牛，掌中苦栗枝，人牛合一。

牛翻翻白眼，说，牛逼啊，德利。

周德利说，咿呀，还不是一头汨罗牛，失敬。

# 宽 宽

端午的前两天，宽宽是在汨罗过的。

大名袁硕宽。小名宽宽。

四岁，深圳孩子。

宽宽，“田”字怎么写？

宽宽用手指一笔画出框框，再加一横，再加一竖。

嗯，好棒。知道吗？宽宽，这就是田。

宽宽眨巴眼睛，哦。

他的眼睫毛，特别长，挂得住枫树坪。

稻种下泥五天。

刚出嫩绿秧苗。

齐刷刷晃着小脑袋：喂，宽宽。

宽宽更喜欢小野花，他摘下一株，想送给黑狗妞妞。

宽宽和妞妞，两个好朋友。

宽宽要去哪儿，就问：妞妞呢？妞妞不答应，只跟着宽宽。宽宽又有些怕妞妞，他也怕那只鸭子，怕张牙舞爪的小龙虾。

宽宽，不怕，朝前走五步，爸爸要拍宽宽和小龙虾。

宽宽嘴里数着一二三，两条腿被钉子钉住了。

木爷爷送给宽宽一口袋枇杷。

枇杷树长在木爷爷屋前，小果黄澄澄，结了一树。

枇杷不大，淡淡的甜，枇杷的甜。

宽宽喜欢吃枇杷。

一会儿，又碰到了那只鸭子。

宽宽，喂点什么给鸭子吃呢？

宽宽掏出枇杷，远远扔给鸭子。鸭子不理枇杷，也不理宽宽。

陈怀宇说，宽宽，叔叔带你去摘黄瓜，好吗？

宽宽把小手放进叔叔的大手里。

没有黄瓜呀？

蹲下来，宽宽，蹲下来，看到了吗？

看到了。

手要伸进去，像叔叔这样，伸到叶子底下，对，黄瓜有刺，小心扎手，好的，宽宽摘到黄瓜了。宽宽喜欢吃黄瓜吗？

喜欢。

晚上我们吃黄瓜好吗？

晚上我们吃黄瓜。

哦，还有一个大茄子，我们把它也摘下来吧？

宽宽不摘茄子。

为什么？

茄子是假的。

紫色的茄子，藏在茄叶下。

茄子怎么是假的呢？

爸爸不知道，妈妈不知道。

只有四岁的宽宽知道。

宽宽说，妈妈，你看，有只鸡，真的鸡。

他喜欢吃真的鸡。

搁上姜，几根干辣椒，慢火炸香。

满屋香。

宽宽上手，抓着啃。

妈妈，辣。

那我们不吃了，给妈妈，好吗？

要吃。

宽宽摘的黄瓜，洗净，刀斩，一人一截。脆脆，爽爽。

陈奶奶煮了粽子。

汨罗的碱水粽。

糯米，粽叶，碱水，最简单最传统。

宽宽不知道端午，不知道屈原，不知道汨罗。

他吃下一只碱水粽，他什么都知道了。

宽宽跟着爸爸妈妈去屈子祠。

看，妈妈，田。

好棒，宽宽。田是干什么的?

那里有宽宽吃的饭，那里有妈妈吃的饭。

端午节前一天，屈子祠里游人多。

金桂蔽日，庭院幽深。三闾大夫的牌位前，燃三支巨香。四岁的深圳孩子袁硕宽跪下，毕恭毕敬，磕三个头。

明日此时，这里人山人海，气象庄严，拜祭大典，如约而至。

在屈子祠，宽宽摔了一跤。

在枫树坪，宽宽上午摔了一跤，下午又摔了一跤。裤子上留下一个小洞洞。

睡着睡着，宽宽又从床上摔了下来。

爸爸说，宽宽知道吗？我们在汨罗。

宽宽说，汨罗在三楼。

妈妈哈哈笑。

爸爸看着宽宽和妈妈。

妈妈说，昨晚我带宽宽在三楼睡觉，他问我这是哪儿，我说这是汨罗。

爸爸说，我怎么没听到，我在哪儿？

妈妈说，你在酒里。

# 浸 种

5 月 31 号，浸种。

6 月 1 号，种子发芽。

三天之后，发芽稻种下泥。

再过半月，插秧。

480 斤“枫树坪 1 号”种谷，去年留存。

原稻的优势是延续。而杂交稻，留种无用，须每年重购。

若无意外，枫树坪的稻种自己繁衍，延绵不绝。

而且，因为土壤里的残留农药化肥逐年减少，稻种会一年比一年纯粹。

井水，石灰，消毒。

去年教训：稻种没经任何消毒，被恶苗病困扰整整一季。

浮起来的是秕谷和空壳。

陈爹伸手一捞，肚子里有货的都在底下。

四桶稻种，可种 50 亩。

加上犁头咀 70 亩“枫树坪 2 号”，10 亩酿酒早稻，些许实验新品“增城丝苗”。

这就是枫树坪今年的全部。

种子在水里，种子会发芽。

种子在田里，种子会出秧。

一个普通的傍晚，暮色四合，雨水降临，枫树坪的 2017 年旅程，喜忧参半，云舒云卷。

陈爹说，

落两天端午雨，天就会晴，下泥正好。

昨夜今晨，暴雨如注。

天未亮，被雨惊醒，辗转反侧，挂念犁头咀和枫树坪。下楼，已经不见陈怀宇。

## 向上的力量

稻秧在田里，一天一天生长，

你来看它，是这样。

你不来看它，还是这样。

连续两天雨急似虎，秧盘被淹，稻种遇袭。

稻芽不为之屈。

待到雨足云开，小暄催过，开始向上。

向上，向上，一寸高过一寸。

向上的力量。

生命的力量。

不出三四日，

秧田一改光秃，绿毯织就。

急不得。

更不能拔苗助长。

宋人有忧其苗之不长而拔之者，芒芒然归，对某人说："今日病矣，予助苗长矣。"某人跑去一看，苗则槁矣。

孟子说，勿忘勿助。

柳宗元说，

"爱之太恩，忧之太勤，旦视而暮抚，已去而复顾。"不是好事。

"甚者爪其肤以验其生枯，摇其本以观其疏密。"更会坏事。

先贤道理，杨爹晓得。

杨爹在门前种菜。

我说，春包快要死了。

杨爹说，

哦（哪）个拦得住？春包死了，茄子起来。

他的意思是：死是拦不住的，生同样拦不住。

杨爹的道理，那朵栀子花晓得。

它在山脚幽径，独成一枝。

它不会因为董谦的朋友来了而开放。

它开它的。

凡花五瓣，它偏六瓣，极香，碰鼻子香，香得掸也掸不开。

此时，友人已在远方。

# 插 秧

枫树坪插秧赛那天，

黄江雁说，种稻种稻，天天喊种稻，你插过秧吗？

冇插过。

冇插过，还喊种稻？

一句话把我顶到壁上。

插就插，蛮巧是（有什么了不起的）。

犁头咀正在插秧。

犁头咀，今年新基地，七十多亩，全部人手插秧。

咀，汨罗话念挤。咀巴，嘴巴。两江汇合处，中间形成三角地带，像犁头，屋建其中，叫犁头咀。

插秧、抛秧、直播，三种方式不同。

直播就是直接将稻种均匀撒下，图个省事。周边农户，多用此法。

犁头咀浸种，用石灰水。安全，却拦不住稻蓟马。（可还记得去年肆虐枫树坪的稻蓟马？）

路过的每个农人，都说两个字：打药。

人走过了身，话还在半空：

快，流势打（一秒不得耽误），哈（都）会被虫呷看（吃掉）。

枫树坪不打药。犁头咀也不打药。

这是我们的底线。

誓守。不破。

无农药，无化肥，无除草剂。

插秧赛

犁头咀的稻蓟马，用的是百部根加辣椒，煮水喷洒。

小时候，头发长色婆（虱子），就用百部根。

色婆杀得，稻蓟马也杀得。

说回插秧。

那个上午我过得相当愉快。

插过秧了，不会再被谁一句话给顶到壁上。效果貌似可以，如果那帮堂客们没有哄（骗）我。

除此，还有五乐。

手脚探进田泥，妙不可言。

汗水浸湿，衣衫贴背时，清风拂过，妙不可言。

腹鸣如鼓，连扒三碗风卷残云气吞万里如虎，妙不可言。

听了一耳朵田间玩笑，多涉男女，极尽想象，语带双关，又不点破。妙，不可言。

最后一乐，只讲给一人听：半天下来，感觉腰力尚可。

十七八个农人，朝六晚六，连轴七天，马不停蹄，手不歇憩，插完七十亩秧田。

苦不堪言。

我为赌一口气，优哉半天，来个插秧五乐。站着说话，不腰疼。

何为苦？何为乐？

袁宏道说：

故人有苦必有乐，有极苦必有极乐。知苦之必有乐，故不求乐；知乐之生于苦，故不畏苦。故知苦乐之说者，可以常贫，可以常贱，可以长不死矣。

苦也好，乐也罢，见秧针遍插，任谁都会顿生喜悦。

布袋和尚说，

手把青秧插满田，

低头便见水中天。

心地清净方为道，

退步原来是向前。

心有戚戚焉。

## 从头来过

孔子说，

不怨天，不尤人。

枫树坪的自救开始了。雨一停，就开始了。

当然惋惜。

农人尽心付出半月，起早贪黑，一转眼被洪水冲走。

老子说，

天地不仁。

建爹说，

天爹爹从不认人，它管你是谁。

堆在田里的沙，要进挖机，要进手扶拖拉机；浸种、下盘、育秧、平田、抛秧，重新再来一遍。

暴雨袭来之前抛的秧，多半站不起来了，也得重新再来一遍：浸种、下盘、育秧、抛秧。

大灾之后，必有大疫。

旁村的爹爹们，顺势（似乎耽误一下秧苗就会被虫吃光）背上了喷雾筒。

枫树坪，只能双手合十。

自然农法推行两载。去年水灾，咬牙扛了过来；今年又是水灾，又得咬牙。

陈爹说，

作一年田，哦哩（怎么）会不出事？不是这个事，就是那个事。

陈爹说，

大不了从头来过。

种谷取出，今天就浸种。

秧盘解绳，明天就下盘。

大水刚走，鱼塘水浑。

等不到沉淀变清，老肖的鱼竿已经架上了。

管它好不好咬钩。

“屋里细鬼要鱼呷，随它哦适（随便怎样），几斤土鲫跑不脱。”

# 薅禾

犁头咀。薅禾。

薅，去掉。薅禾，去掉稻田杂草。

杂草顽根易滋蔓。

试举两例。

牛毛毡。顾名思义，细如牛毛，成片如毡；若不生田间，倒有几分野趣。

鸭舌草。见水即生，势成连营；一拔，带走碗大泥，留下碗大疤。

不好拔，用脚薅。

拨开稻秧，踩杂草入泥，再抚平田泥。全靠脚，脚如灵蛇。

技术难点：草要完全踩进泥里，不得露头，若让它露头，春风吹又生。

撑一根薅棍，保持身体平衡。

有些草，则须用手拔扯。

手脚并用。

薅禾有多难？

六个人，早五晚七，薅了四亩田。

司马光说，

草秽竞禾长，从人借锄耰。

晨薅载星起，日暗未能休。

（耰：古农具，用于平地。）

怪谁？

谁都不怪，自己挖坑。

蠢了吧?

刘震云说，

我们民族最缺的就是笨人。

我们最不缺的就是聪明人。

笨人才会咬定:

世界上的事是不可以投机的。

世界上是没有近路可以走的。

除草不难，打药就是。

药一下去，寸草不留。

然而，

连带田间活物，全部赶尽杀绝。

这，

怎么称之为自然?

怎么可以万类霜天竞自由?

怎么形成那条完整和谐的生物链?

怎么能够为你们端出那碗放心的米饭?

所以,

我们宁做蠢人笨蛋!

我们不是不会这样做。

但,我们就是不这样做。

归来一长叹,不是厌山居。

犁头咀老肖叹的是薅禾之艰辛。

叹归叹,他晓得:他,他的父亲,他父亲的父亲,祖祖辈辈面朝黄土背朝天的农人。一如既往。

谢肇淛(明代)说,

自犁地而浸种,而插秧,而薅禾,而车戽,从夏迄秋,无一息得暇逸。

薅禾

今日小暑，上蒸下煮。

骄阳在上，火气在下。

谁知盘中餐，粒粒皆辛苦。

## 热

一入伏，就进了蒸笼。

人不高兴。稻苗开心。

杨万里说，

老农背脊晒欲裂，君王犹道深宫热。

人不高兴。

农谚说，

伏天不热，五谷不结。

稻苗开心。

杀一只瓜，哇，热的。

汪曾祺要在，就好了。老头儿会用绳络将瓜悬于井中，待一刀下去，咔嚓有声，凉气四溢。连眼睛都是凉的。

汪老头还不算顶怪器（聪明）。

下面这位郭麟（清代）——

小憩人家屋后池，绿杨风软一丝丝。

舆丁出语太奇绝：安得树阴随脚移？

亏他想得出。

枫树坪的竹铺藤椅搬出来了。

入夜，纳凉。

回想儿时——

夕阳沉下，爸爸拎一桶井水，打湿房前空坪，待暑气消退，搬出竹铺；左邻右舍，竹椅凉席交错，孩子疯闹成群；露水快要上来，小屋有了凉意，爸爸把早已睡着的我和妹抱回床上。

纳凉三宝：蒲扇，西瓜，躲掐掐（捉迷藏）。

我和妹看到的繁星，听到的蛙鸣，抓到的萤火虫。

深圳没有了，枫树坪还有。

早稻收上来了。

早稻酿酒。酿谷酒。

为此春酒，以介眉寿。

可惜解爹喝不上今年的新酒。

他终究没能熬过一个酷热的夜晚。

早稻收了，有人老了。

天边一朵云，看一眼很近，

再看一眼，又很远。

## 鸭

往山脚走几步，炎炎暑气瞬间全收。

鸡犬人声隐隐，若在云中。小路尽头，一汪浅水，池不甚大，只住一鸭。

旁若无物，游而优哉，它或许想起了苏子瞻之偈，嘎嘎诵读："空山无人，水流花开。"

嘎嘎。

子非鸭，安知鸭之乐？

顿感人不如鸭。

鸭已喧寂两忘。人尚见欲心动。

所以人不如鸭。

莫如以鸭为邻。莫如山居。

山居。

有矮山半蹲，有修篁静立，栽两棵桂花一株枇杷，留几蔸芭蕉听雨，筑土屋一间，锄菜园半畦，茗碗时供，野芳暗渡。

一鸭嬉于碧水，掌拨清波；两鸟咿嘤林外，均节天成。

有事躬耕。无事闲坐。

夫复何求？

同学心热，见面辄问：

一个人枫树坪，惯不？

李晓水在巴马，写《想起你》。

在远方

一个人经历一座村庄

你要蹚过河流，冰山，火场

恐惧的街道

只有一盏灯

挂在天上

你要去另一个地方

离开现实，物质，时间

没有人知道

那是一个什么地方

路不回头

魂不附体

连船上放飞的鸽子

也有去无还

想起你，一个人

还有天上的一盏灯

我是在远方，是在经历一座村庄，

有一盏灯，挂在天上，

我不是一个人。

# 一碗皮粉

汨罗人红白喜事，桌上少不了一碗皮粉。

汨罗美食贡献，

一是粽子，端午的粽子，就像中秋的月饼。

二就是皮粉了。

爸爸向来吃饭简单，二两面，拌点榨菜肉丝，七分饱。会念叨的，只有一道菜，皮粉炖鳝鱼。

我喊我的爸爸，爸爸会答白。

周大峰喊他的爸爸，他的爸爸不会答白了。

他早上端碗面给爸爸。

爸爸，呷面。

爸爸不会答白，也不会接过面碗。

爸爸不在了。

“头天夜里还呷了两碗饭一两酒。”

“说没，就没了。”

周大峰看着那碗面，眼泪下来了。

同学们看老，磕头。

孝家设先席，最后一餐饭。

次日一早，亡者上山，入土为安。

照例，有一碗皮粉。

皮粉煮得刚好，有炖得极烂的肉碎，又搁了大量胡椒，透鲜。

这人世间最美味的食物，

要留住人们对大峰爸爸的回忆。

制作皮粉

罗武妈妈去年年初走的。

上一年，我回汨罗看她，人很瘦，拉着我的手不放：“崽呀，怕莫是过得了冬，过不得春呀。”

果然没等到春天。

她的孙女罗宇婷，第一次知道，什么是“死”。

“死”就是“没有了”，她没有奶奶了，她不会再有奶奶了。她躺在枕头上，枕头上还有奶奶头发的气味。她哭了。

妈妈走了很久，罗武还会流眼泪。

我劝他。

我不知道怎么劝他。

我怎么劝他都不对。

他说，等你没有了，你就知道了。

只要爸爸妈妈在，我们就还是孩子。

爸爸妈妈，请你们好好的。

我还想做孩子。

我没有做够。

# 后记

古人说的“读万卷书，行万里路”，是一种高标准、高品质的生活。对此生命的追求，真正实施者甚少。读书破万卷不容易，远行也是多有不便。时间走到了今天，旅途变得十分通畅，行万里路已经不是问题，读万卷书却仍不是件易事。这需要个人的自觉及社会的推动。而文字是一种释放，也是一种交流。作家的写作同样需要与读者互动。

漓江出版社顺应需要，提出了散文精品城际阅读，编辑系列名家丛书，以迎合扑面而来的旅途与信息相融的高铁时代。

谈起选题时，我们就谈到了“七”这个数字，它是“赤橙黄绿青蓝紫”的七，是“哆来咪发唆拉西”的七。让人联想到色彩的无限斑斓与乐曲的美妙变化。那么就定为七人吧，每年邀约七位当今活跃于文坛的作家，以构建可资阅读、珍藏、研究的厚重文库。

作家们欣然响应，很快组成不同性别、不同年龄、不同地域、不同风格的七人年展。毋庸置疑，随着时间的推移，这个精品文丛将会显示出它茁旺的生命力。

王剑冰

2017 年夏

王剑冰，著名散文家，我社《中国年度散文》《中国年度散文诗》主编，《旅伴文库 · 散文精品城际阅读》主编。

请记下你与日子的美好相遇

请记下你与日子的美好相遇

请记下你与日子的美好相遇

请记下你与日子的美好相遇

请记下你与日子的美好相遇

请记下你与日子的美好相遇

请记下你与日子的美好相遇

请记下你与日子的美好相遇

请记下你与日子的美好相遇

请记下你与日子的美好相遇

请记下你与日子的美好相遇

请记下你与日子的美好相遇

请记下你与日子的美好相遇

请记下你与日子的美好相遇

请记下你与日子的美好相遇